Lilla Svarta Fisken

Samad Behrangi

med illustrationer av Farshid Mesghali

på svenska översatt av Emma Hägglund Wallgren

Första upplagan på persiska 1968 *kânoune pàrvàreshe fekriye koudàkân* Teheran - Iran

l'Aleph is an imprint of Wisehouse
www.l-aleph.com

ISBN 978-91-7637-526-6

Lilla Svarta Fisken

Vinnare av det internationella priset för illustration - Bolognas barnbokmässa 1969

Vinnare av Bratislavas bokmässapris 1969

Samad Behrangi

med illustrationer av Farshid Mesghali

på svenska översatt av Emma Hägglund Wallgren

Allt eftersom nätterna blev längre och året gick mot vinter ännu en gång, satte sig en gammal fisk ner för att berätta en historia. Hon berättade historien för hennes tolv tusen barnbarn. Det var en spännande berättelse full av faror och sorg, men det var även en historia som innehöll lärdomar. Den gamla fisken ville att hennes barnbarn skulle ta lärdom från den Lilla svarta fiskens historia utan att behöva uppleva farorna och sorgerna själva.

'Det var en gång en Liten svart fisk som levde med sin mor i en liten del av en ström mellan två vattenfall. Strömmen förändrades med vädret, men i övrigt var den likadan dag efter dag: strömmande vatten och andra fiskar, alla simmandes upp och ner och omkring. De var inte särskilt trevliga eller särskilt klipska fiskar.

'"Inte du igen!" sa de när de mötte varandra igen och igen och igen.

'"Vem förväntade du dig? Det är inte troligt att möta någon ny här, är det?"

'På nätterna blev strömmen mörk, förutom när månen lyste upp himmeln. Den Lilla svarta fisken såg ljusglimtar av månsken genom det tjocka taket av mossa på stenhuset hen delade med sin mor. Hen längtade efter att gå ut i strömmen under natten för att kunna se månen ordentligt.

'Månen i himmeln måste se så mycket, tänkte Lilla svarta fisken. Hon måste kunna se vad som finns bortom vår ström. Lilla svarta fisken försökte putta undan mossan för att kunna prata med månen och ställa frågor, men ...

'"Lägg tillbaka mossan!" sa hens mor. "Du ska inte ut i natten och bli dödad, mitt barn. Av alla tio tusen ägg jag har lagt, är du den enda som kläckts och överlevt. Jag tänker inte låta något skada dig!"

'Så Lilla svarta fisken var tvungen att föreställa sig vad som skulle kunna finnas bortom strömmen, för det verkade som om hen aldrig skulle kunna ta reda på det.

'Lilla svarta fisken tänkte så mycket på var vattnet som strömmade in i deras ström kom ifrån, och var det strömmade till, att hen inte kunde simma ordentligt bredvid sin mor under deras dagliga simturer upp och ner och omkring.

'"Kom nu!" Sa hens mor. "Vad är det med dig, barn? Kom nu, vi måste simma upp och ner och omkring, precis som de andra fiskarna gör, annars börjar de tro att det är något fel med oss."

'Det *var* något fel med Lilla svarta fisken. Hen längtade så efter att färdas bortom strömmen, och att på egen hand upptäcka vad som skulle kunna finnas där.

’En natt kunde hen inte sova av allt funderande. Så nästa morgon sa hen till sin mor, ”Jag har bestämt mig för något, men du kommer inte att tycka om det”.

’”Berätta det inte för mig då!” Sa hens mor. ”Ditt tokiga barn! Kom och simma med de andra innan de tror att du är annorlunda.”

’”Men jag kommer inte att simma med dem, eller med dig, längre”, sa Lilla svarta fisken. ”Jag måste simma bortom strömmen och utforska. Jag vill se om strömmen fortsätter och fortsätter, eller om den kommer till ett slut. Vill inte du också veta det?”

’”Nej det vill jag inte!” sa hens mor. ”Jag kanske ville det när jag var ung som dig, men jag lärde mig förnuft när jag växte upp och det måste du också göra. Strömmen bara flyter på och *är*, det är allt och det är nog. Vi behöver inte veta mer än så.”

’”Men den måste flyta någonstans”, sa Lilla svarta fisken. ”Och den måste komma till ett slut, måste den inte? Precis som dagar tar slut, och nätter tar slut, och år tar slut och … ”

’”Åh, det är struntprat!” sa hens mor. ”Kom nu, det är dags att simma upp och ner och omkring, och glöm allt ditt nonsens.” Men ”Nej”, sa Lilla svarta fisken. ”Jag vill inte tillbringa mitt liv med att simma upp och ner och omkring, och sedan klaga på att det inte finns något mer i livet. Kanske finns det mer i livet, och kanske *är* världen mer än vår ström!”

’”Vår ström är världen!” sa hens mor.

'Just då kom en av grannfiskarna för att se vad de grälade om.

'"Det är dags att simma upp och ner och omkring", sa den snokande grannfisken. "Har du problem med ditt barn, granne?"

'"Det har jag!" Sa Lilla svarta fiskens mamma. "Det tokiga barnet vill simma bortom strömmen och se världen."

'Den nyfikna grannen vände sig till Lilla svarta fisken. "Vad får dig att tro att du vet mer än din mor, när hon har levt i världen så mycket längre än dig?"

'Det gjorde Lilla svarta fisken arg. "Jag vet att jag är uttråkad av att simma upp och ner och omkring. Jag vet att jag inte vill sluta som en gnällig gammal fisk som dig!"

'"Skäms på dig!" utbrast den nyfikna grannfisken.

'"Jag är ledsen", sa Lilla svarta fiskens mor. "Hen måste ha fått de här idéerna från någon stygg."

'"Nej det har ingen gjort!" sa Lilla svarta fisken. "Jag har ögon att se med och ett huvud att tänka med. Jag har mina egna idéer!"

'"Det måste ha varit den där tokiga lilla snigeln som fick henom att tänka så här", sa den snokande grannen.

'"Åh, den snigeln hade sannerligen dåligt inflytande," sa Lilla svarta fiskens mor. "Jag litade aldrig på honom. Han var inte en av oss."

'"Han var min vän!" sa Lilla svarta fisken.

'"Fiskar har ingen anledning att vara vänner med sniglar", sa hens mor.

'"Och de har ingen anledning att vara fiender med sniglar heller!" sa Lilla svarta fisken.

"Men ni dödade honom! Ni dödade min vän!"

'"Nåja, det är bakom oss nu", sa den nyfikna grannen. "Och det är lika bra det, med tanke på sakerna han sa."

'"Han sa bara vad jag säger nu", sa Lilla svarta fisken. "Ska ni döda mig också?"

'Deras gräl hade lockat till sig många fler nyfikna fiskar från strömmen som kom för att se vad all uppståndelse handlade om.

De hade alla åsikter att komma med.

'"Det barnet borde tvingas att göra vad hens äldre säger åt henom!"

'"Hen borde bli straffad!"

Men nu började hens mor bli rädd.

'"Skada inte mitt barn!"

'"Om du inte kan uppfostra henom till en ordentlig fisk, vad förväntar du dig?" frågade en annan.

’”Jag skäms över att bo nära er!”

’Det var då Lilla svarta fiskens vänner kom till räddning. Medan de gnälliga gamla fiskarna talade illa om Lilla svarta fisken och hens mor, simmade Lilla svarta fiskens vänner fram och runt omkring henom, och hjälpte iväg henom från folkmassan.

’”Om du ger dig av, Lilla svarta fisk, så vill vi inte ha dig tillbaka!” ropade en otrevlig gammal fisk.

’”Vad kan jag göra?” grät Lilla svarta fiskens mor.

’”Gråt inte över mig, mor!” ropade Lilla svarta fisken. ”Jag ger mig gärna av, och jag kanske återvänder en dag och berättar allt jag har sett!”

’Lilla svarta fiskens vänner följde henom till vattenfallet vid slutet av deras ström.

’”Tack”, sa lilla svarta fisken. ”Glöm inte bort mig när jag är iväg.”

’”Hur skulle vi kunna glömma dig?” sa hens vänner. ”Du är så modig som ska ut och upptäcka mer. Vi beundrar dig!”

’”Farväl!”

’Lilla svarta fisken gled ner för vattenfallet – tjohoo! – och föll ner i en djup, stillsam damm, väldigt annorlunda från strömmen hen nyss hade lämnat.

’Där fanns tusentals små svarta grodyngel i det stilla vattnet, och de hade aldrig sett en fisk innan.

’”Haha!” skrattade de. ”Titta på den där saken! Hen är inte som oss: hen är konstig!”

’”Var inte elaka mot mig”, sa Lilla svarta fisken. ”Låt mig presentera mig själv. Jag heter Lilla svarta fisken. Vad heter ni?”

’”Grodyngel.”

’”Grodyngel.”

’”Grodyngel”, svarade de alla.

’”Heter ni *alla* Grodyngel?” sa Lilla svarta fisken.

’”Självklart”, sa ett grodyngel. ”Vi är alla den finaste sortens grodyngel.”

’”Och de vackraste. Inte som du!”

’Lilla svarta fisken skrattade. ”Hur kan ni veta om ni är de finaste och vackraste när ni aldrig har träffat någon annan? Vet ni inte att det finns andra varelser som också tror att de är de finaste och vackraste? Ni alla har fel!”

’”Nej, *du* är den som har fel!” sa grodynglen. ”Vi simmar runt världen hela dagarna, men här är det bara våra föräldrar och vi, ja och några pyttesmå maskar som ändå inte räknas.”

'"Ni simmar inte runt världen, vet ni. Ni simmar bara runt den här dammen", sa Lilla svarta fisken.

'"Men den här dammen *är* världen", sa grodynglen.

'"Undrar ni inte vart ert vattenfall kommer ifrån?" frågade Lilla svarta fisken. "Det kommer från en plats bortom er damm. Det kommer från en plats där jag bodde och den platsen är annorlunda än den här dammen."

'"Du är tokig!" sa grodynglen. "Vi tror dig inte!"

'Nåväl, tänkte Lilla svarta fisken. Vissa varelser föredrar att vara ovetande. Men kanske blir de kloka när de blir äldre? Så Lilla svarta fisken frågade grodynglen, "Var är er mor?"

'"Här är jag", sa en barsk röst bakom Lilla svarta fisken, som skrämde henom till ett plask.

'Grodan satt på en sten vid dammen. "Vad vill du?" frågade hon. '"Jag hörde vad du sa till mina barn och du har ingen rätt att hitta på historier om andra platser. Jag har levt i den här dammen hela mitt liv och jag vet att det inte finns någon värld bortom den. Du försöker lura mina barn att följa dig!"

'"Åh, ärligt talat", sa Lilla svarta fisken frustrerat. "Även om du lever hundra gånger så länge än vad du redan har gjort, så skulle du förbli lika dum som du är!" Vilket var en otrevlig sak att säga till grodan, men Lilla svarta fisken hade fått nog av utskällningar för en dag.

’Den stora grodan dök ner i vattnet mot Lilla svarta fisken, men med
en snärt på sin fena sköt Lilla svarta fisken iväg,
och rörde upp leran och maskarna
på botten av dammen medan
hen flydde

'Om Lilla svarta fisken hade kunnat se ner över dalen så som månen gjorde varje natt, hade hen sett att det var en dal med lika många krökar som de slingrande maskarna. Hen hade sett att strömmen blev större och djupare och bredare desto längre ner för dalen den färdades. Den glimmade som en silvertråd när månen sken ner över den och silvertråden delade upp sig i två olika riktningar vid en plats där en stor sten stod i vattnet.

'Men det var fortfarande dagtid nu. I det varma solskenet låg en ödla på just den stenen, lika stor som en vuxen människas hand, och solade i värmen och tittade på en krabba i sanden som åt en groda. Ödlan fick syn på något litet och svart i vattnet. Det var Lilla svarta fisken.

'Lilla svarta fisken tittade också på något. Hen tittade på krabban, som var en varelse vars like hen aldrig hade sett förr. Den hade stora klor och kilade sidled när den rörde sig. Världen bortom strömmen var verkligen full av överraskningar!

'"Goddag, underliga varelse!" sa Lilla svarta fisken.

'"Jag är en krabba", sa krabban. "Kom närmre, lilla vän, så du kan se mig ordentligt. Kom!"

'"Ha! Så lätt får du inte tag i mig! sa Lilla svarta fisken. "Jag ska se världen och jag vill inte bli uppäten av dig innan jag har sett allt!"

'"Är du rädd för mig?" frågade krabban hånfullt. "Lilla stackare."

'"Jag använder bara mina ögon och mitt huvud för att lista ut vad din plan är", sa Lilla svarta fisken. "Jag behöver inte bevisa mitt mod för dig, och jag kan se precis vad du gör med den där stackars lilla grodan!"

'Krabban log. "Jag äter bara grodan för att jag inte tycker om att ha grodor häromkring. De är arroganta och tror att världen tillhör dem. Det gör den inte. Så jag ordnar bara upp saker och ting, förstår du. Du har inget att oroa dig för eftersom du inte är en groda. Kom närmare. Kom!"

'Medan han talade, kröp krabban närmre Lilla svarta fisken. Lilla svarta fisken tyckte att krabbans sidogång såg så rolig ut och skrattade samtidigt som hen backade undan från klorna som kom allt närmare.

'"Du kan inte ... " började Lilla svarta fisken. Men innan hen kunde avsluta vad hen skulle säga, föll en stor svart skugga över vattnet och – bånk! – något bankade ner krabban djupt i sanden.

'"Vad –?" började Lilla svarta fisken. Hen tittade upp och såg fler nya varelser. Det var en ung herde med getter och får, och en av de getterna hade stångat ner krabban i sanden när den sänkte ner sitt huvud för att dricka.

Lilla svarta fisken såg på i förundran och lyssnade på de underliga bräkande ljuden som hen aldrig hade hörtförr. Världen hade så många nya saker att visa henom. Hur många fler nya saker skulle hen upptäcka innan hen fann strömmens slut?

'Ödlan skrattade åt krabbans kamp för att ta sig upp ur sanden. Så Lilla svarta fisken frågade ödlan, "Kära ödla, jag är på väg för att finna strömmens slut. Du sitter där och ser vad som sker i världen. Har du något råd att ge mig?"

'"Ja du", sa ödlan. "Du måste akta dig för pelikaner. Och om du tar dig så långt som till havet, måste du se upp för svärdfiskar och sjöfåglar."

'"Vad är pelikaner?"
frågade Lilla svarta fisken.

’”De är stora och luriga fåglar!” sa ödlan. ”Pelikaner har en ficka som hänger från deras stora näbbar. De simmar i vattnet och fångar fiskar i de stora fickorna. Om de är hungriga sväljer de ner fiskarna i magen.

’”Vad händer om de inte är hungriga?” frågade Lilla svarta fisken hoppfullt.

’”Då behåller de fiskarna i sina näbbar tills de är hungriga”, sa ödlan.

’”Åh”, sa Lilla svarta fisken. ”Jag tror inte att jag vill möta dem.”

’”Jag kan ge dig en kniv som du kan använda för att skära dig ut ur en näbb, om du vill?” sa ödlan.

’”Åh, ja tack gärna!” sa Lilla svarta fisken.

’Ödlan kröp in i en spricka i stenen och återvände med en väldigt liten kniv gjord av en tagg.

’”Tack!” sa Lilla svarta fisken. ”Ger du knivar till alla fiskar du möter?”

’”Bara till de klipska som ställer de rätta frågorna”, sa ödlan. ”Många fiskar har flytt från pelikanernas näbbar tack vare mig. Och nu samarbetar de fiskarna för att fly undan fiskemännen också.”

’”Hur gör de det?” frågade Lilla svarta fisken.

'"Genom att arbeta tillsammans!"
skrattade ödlan. "En ensam fisk
skulle aldrig kunna komma undan.
Men hundratals, som arbetar
tillsammans, kan dra ner ett
fiskenät till botten av havet där det
inte kan göra någon illa." Ödlan la
sitt öra mot sprickan i stenen. "Åh,
mina barn har vaknat. Jag måste
gå!" Och så försvann hon in i
sprickan.

'Så Lilla svarta fisken gav sig iväg
ännu en gång, simmade och
funderade. Kunde strömmen
verkligen fortsätta hela vägen till
vad som kallades havet; en plats
med svärdfisk och sjöfåglar?

'Det fanns så många nya saker att se längs vägen att Lilla svarta fisken inte hade tid att oroa sig för pelikaner och svärdfiskar och sjöfåglar särskilt länge. Tjoho! Plask! Det var så roligt att åka ner för vattenfall och dyka ner i djupet innan Lilla svarta fisken simmade uppåt för att fortsätta vidare igen.

Lilla svarta fisken kände solens värme på sin rygg, och hen åt och kände att hen blev större och starkare hela tiden.

'Det var bra det, för desto mer Lilla svarta fisken fick reda på om världen desto mer insåg hen att det var en farlig, så väl som vacker plats.

På en plats drack en vacker hjort från strömmens vatten. Lilla svarta fisken ville prata med hjorten och lära sig om landvärlden.

'"Goddag," sa hen. "Vackra hjort, vill du prata med mig?"

'"En jägare jagar mig", sa hjorten. "Jag måste skynda mig iväg. Han har redan skjutit mig en gång."

'Och hjorten haltade iväg, så Lilla svarta fisken förstod att det var sant och kände sig ledsen.

’Allt eftersom hen simmade nerför strömmen, såg Lilla svarta fisken sköldpaddor sova i solens värme. Hen hörde skratten av små vaktelfåglar eka i dalen. De ljuvliga dofterna av bergsörter kom och gick i luften och i vattnet. Världen kunde vara grym, men den kunde också vara underbar.

’Desto längre ner i strömmen Lilla svarta fisken simmade, desto bredare och bredare blev den. Den forsade genom skogsmarker där solen sken genom trädgrenarna. Lilla svarta fisken njöt av att simma. Hen hade inte träffat på några andra fiskar sedan hen hade lämnat sin del av strömmen, men plötsligt var hen omgiven av små fiskar.

’”Är du ny här?” frågade de.

’”Ja”, sa Lilla svarta fisken. ”Jag har kommit från långt upp i strömmen.”

’”Vart är du på väg?” frågade de små fiskarna.

’”Jag är på väg för att finna slutet av strömmen”, sa Lilla svarta fisken.

’”Vilken ström?” frågade de små fiskarna.

’”Strömmen som vi simmar i”, svarade Lilla svarta fisken.

’”Åh! Vi kallar det här för floden”, sa de små fiskarna. ”Vet du om att du kommer möta en pelikan om du fortsätter ner för floden?”

’”Jag har hört om pelikaner”, sa Lilla svarta fisken.

'En annan liten fisk frågade, "Och vet du vilken stor näbb pelikanen har och vad han gör med den?"

'"Jag har hört om det också", sa Lilla svarta fisken och kände med sin fena att hen fortfarande hade taggkniven med sig, och var glad över det.

'"Varför färdas du mot pelikanen och fara?" frågade samma lilla fisk.

'"Jag vill veta vad som finns i slutet av strömmen, så jag måste ta risken och vara modig", sa Lilla svarta fisken.

'När de hörde det ville några av de små fiskarna följa med Lilla svarta fisken till strömmens slut, men deras föräldrar lät dem inte.

'De sa till Lilla svarta fisken, "Om det inte vore för faran med pelikanens näbb skulle vi följa med dig, men faran är för stor och vi är rädda."

'Vid sidan av floden fanns en by, och Lilla svarta fisken såg många människor.

Hen såg kvinnor och flickor från byn komma och tvätta fat och kläder i floden. Lilla svarta fisken lyssnade till deras prat och hen såg på när barnen plaskade och skrattade i det grunda vattnet vid strandkanten. Allt var så intressant, men det var inte slutet av strömmen, så hen var tvungen att vara modig och färdas vidare.

’Lilla svarta fisken simmade och simmade tills natten föll, då hen la sig ner för att sova under en sten.

’Men mitt i natten vaknade Lilla svarta fisken. Hen såg månsken på vattnet som lyste upp allting med ett silversken. Det var vackert, och den här gången kunde Lilla svarta fisken prata med månen som hen hade längtat så mycket efter.

’”Hej, vackra måne”, sa hen och månen svarade, ”Hej, Lilla svarta fisk. Du är långt hemifrån.”

’”Ja”, sa Lilla svarta fisken. ”Jag upptäcker världen.”

’Månen log. ”Världen är väldigt stor. Där nerifrån kan du inte se allt, så som jag kan.”

’”Jag är bara glad att få se mer av strömmen”, sa Lilla svarta fisken. ”Jag vill bara se slutet.” Hen skulle just fråga månen hur världen såg ut så långt ovanifrån, när ett moln gled över månen och skuggade det vackra ljuset.

’”Gå inte, Måne! Åh, vad jag önskar du kunde lysa upp världen med ditt ljus hela tiden”, ropade Lilla svarta fisken.

’Det lilla silvret av månen som fortfarande var synligt i himmeln log. ”Min kära lilla fisk, jag har inget eget ljus. Jag skiner bara ljuset från solen ner på Jorden.”

'"Jag skulle gärna besöka dig", sa Lilla svarta fisken.

'"Människor har besökt mig", sa månen. "Kanske besöker även fiskar mig en dag. Vem vet vad som är möjligt?" Lilla svarta fisken ville veta mer, men det mörka molnet hade till slut täckt månen, och hon var borta.

'Lilla svarta fisken väcktes tidigt nästa morgon av viskande små fiskar. När de såg att Lilla svarta fisken var vaken, sa alla de små fiskarna, "God morgon, Stora svarta fisk!" För dem var Lilla svarta fisken stor!

'"Ni följde efter mig ändå!" sa Lilla svarta fisken.

'"Det gjorde vi", sa en av de små fiskarna. "Men vi är fortfarande rädda. Vi vill verkligen inte träffa på en pelikan, men vi *vill* se världen."

'"Om ni oroar er för mycket för faror, kommer ni aldrig att göra något intressant", sa Lilla svarta fisken. "Och världen är s–"

'Men innan hen kunde avsluta meningen, blev vattenvärlden plötsligt mörk. Något kom upp underifrån dem och något annat ovanifrån, och så var de fångade.

'"En pelikan har oss i sin näbb!" sa Lilla svarta fisken. "Men oroa er inte, små vänner, för jag vet ett sätt att fly!"

'De små fiskarna grät. De lyssnade inte ordentligt
på vad Lilla svarta fisken sa. En av dem sa till henom,
"Du lurade oss, Stora svarta fisk! Nu kommer
pelikanen att svälja oss allihop och vi kommer att dö!"

De bönföll pelikanen, "Åh, Ers Höghet, Herr Pelikan, vi vet att du är storslagen och god och vänlig. Om du snälla skulle kunna öppna din ädla näbb bara litegrann och släppa ut oss små fiskar, så kan du behålla Stora svarta fisken som middag. Och vi kan berätta för alla vi möter vilken ädel, godhjärtad fågel du är!"

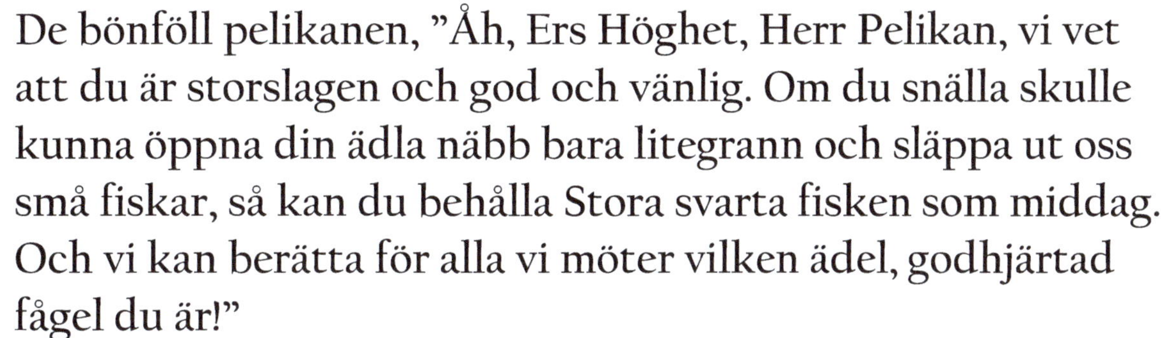

'En annan av de små fiskarna sa, "Åh, Herr Pelikan, vi var bara i dina vatten för att Stora svarta fisken lurade oss. Snälla, förlåt oss för att ha gjort intrång."

'"Haha!" Sa pelikanen. "Ja, små fiskar. Jag *ska* förlåta er, men på ett villkor."

'"Nämn ditt villkor, Ers Höghet!" sa de små fiskarna.

'"Döda den svarta fisken själva, och sedan ska jag ge er frihet!" sa pelikanen.

'"Nej!" sa Lilla svarta fisken. Hen sa till de små fiskarna, "Lyssna inte på den sluga fågeln som vill ställa oss emot varandra. Jag har en plan som kan rädda oss alla."

'Men de lättlurade små fiskarna var för rädda för att lyssna på Lilla svarta fisken, och tillsammans rörde de sig mot henom för att attackera.

'"Nej, ni kan inte!" sa Lilla svarta fisken. "Pelikanen kommer aldrig släppa er fria. Jag kan bevisa det för er!"

'"Hur?" sa de små fiskarna.

'"Såhär", sa Lilla svarta fisken. "Jag spelar död, som om ni *har* dödat mig. Och sedan ska vi se om pelikanen släpper er fria eller inte. Och om ni inte gör som jag säger, så dödar jag antingen er alla eller så skär jag upp näbben och flyr ensam, och låter er…" Lilla svarta fisken tog fram sin tagg-kniv för att visa dem att hen kunde göra det som hen sa.

'"Okej", sa de små fiskarna. "Vi låtsas att vi slåss med dig, och sedan låtsas du vara död."

'Så det var vad de gjorde, och när Lilla svarta fisken låg stilla på botten av pelikanens näbb, sa de små fiskarna,

'"Åh, Ers Höghet, Herr Pelikan, vi har dödat Stora svarta fisken, precis som du ville."

'"Haha!" sa pelikanen. "Bra gjort, små fiskar. Som belöning ska jag svälja er alla levande så att ni kan få njuta av en ordentlig tur i min mage!"

'Och i ett ögonblick var de små fiskarna nersvalda i pelikanens hals.

'Så Lilla svarta fisken höjde sin kniv, och skar upp undersidan av den otäcka, oärliga pelikanens näbb och med en snärt med sin fena, simmade hen iväg genom hålet i näbben, ner i floden igen.

'Lilla svarta fisken simmade och simmade tills det inte längre fanns någon dal, inte längre fanns några berg, och floden flöt bred över en platt slätt. Små strömmar anslöt sig till floden från höger och från vänster, och förde med sig mer och mer vatten. Så den här floden är slutet av många strömmar, tänkte Lilla svarta fisken förundrat.

'Med så mycket vatten att simma i behövde Lilla svarta fisken inte längre simma runt stenar eller vara försiktig att inte simma in i strandkanten. Hen kunde simma varthelst hen ville! Men plötsligt – pang! – attackerades Lilla svarta fisken av en stor, smal fisk med en mun i form av en dubbeleggad såg.

Det var svärdfisken som hen hade hört talas om, och i den stora vida floden fanns ingenstans att gömma sig!

'Lilla svarta fisken dök nedåt, och simmade från sida till sida och försökte komma undan de stora förfärliga tänderna. Hen simmade ner i djupet av floden, där hen stötte på ett stim av tusentals fiskar.

'"Snälla hjälp mig!" sa Lilla svarta fisken till en av fiskarna i stimmet. "Jag har kommit lång bortifrån, och jag har flytt undan svärdfisken. Men var är jag?"

'Fisken ropade över axeln till de andra fiskarna. "Titta!" sa han. "Här är ännu en som frågar samma fråga som de alla gör." Sedan sa han till Lilla svarta fisken, "Det här, min vän, är havet."

'"Havet!" sa Lilla svarta fisken förundrat.

'"Ja", sa fisken. "Det är hit alla strömmar och floder leder. Vill du ansluta dig till vårt stim? Du är mycket välkommen."

'"Tack", sa Lilla svarta fisken. "Jag tror att jag simmar omkring på egen hand ett tag först. Jag vill utforska havet. Och sedan ska jag gå med i ert stim. Jag skulle vilja hjälpa er att dra ner ett fiskenät!"

'"Ha en bra simtur", sa fisken. "Men om du simmar till ytan, akta dig för sjöfågeln. Hon gillar att fånga fyra eller fem fiskar varje dag och om du inte är försiktigt så blir du en av dem!"

'Lilla svarta fisken simmade omkring i havet på egen hand. Hen kunde känna kraften av havet när hen simmade, och hen såg undersidan av båtar och sjögräs och snäckor. Det skimrande solljuset på ytan lurade upp henom till den varma havsytan. Hen simmade lyckligt och tänkte, "Även om jag dog just nu, har jag följt strömmen till dess slut och jag vet nu att den blir till hav. Jag måste försöka att återvända och berätta för mina vänner allt som jag vet nu!"

'Men Lilla svarta fiskens tankar avslutades plötsligt av att sjöfågeln svepte ner och snappade upp henom från havet. Lilla svarta fisken ålade sig i sjöfågelns näbb, men hen kunde inte fly och hen kvävdes i luften allt eftersom sjöfågeln flög iväg med henom från vattnet.

'Jag önskar att hon kunde svälja mig fort, tänkte Lilla svarta fisken. Jag skulle åtminstone kunna andas en liten stund i vattnet i hennes mage.

'"Fort, sjöfågel!" flämtade Lilla svarta fisken. "Jag är en sorts fisk som blir giftig när jag dör, så svälj mig levande, nu!"

'Sjöfågeln sa ingenting, för hon trodde att Lilla svarta fisken försökte lura henne att prata och öppna sin näbb.

'Lilla svarta fisken kunde se att havet under dem var på väg att övergå till land. Om sjöfågeln släppte ner henom på land skulle hen aldrig kunna överleva.

"Jag kommer att dö i din näbb innan du når fram till dina fågelungar, och då kommer du mata dem med gift!" flämtade Lilla svarta fisken. "Rädda dina ungar genom att själv svälja mig nu!"

'Lilla svarta fiskens kropp blev slapp och stilla, och sjöfågeln började oroa sig för att hen redan var död, och att hen skulle förgifta henne om hon åt henom.

'"Lilla svarta fisk,
andas du fortfarande
?" frågade hon. Och så
klart betydde det att
hon öppnade sin näbb!
Ut hoppade Lilla svarta
fisken och hen föll genom luften,
med sjöfågeln dykandes efter henom, och hen
föll – plask! – ner i underbart återupplivande havsvatten
där hen kunde andas igen ... endast för att återigen bli
uppfångad i sjöfågelns näbb! Och den här gången svalde hon
henom hel, ner i sin mörka fuktiga mage.

'Lilla svarta fisken var inte ensam i den mörka magen. En väldigt liten fisk var hopkurad i ett hörn och grät.

'"Var inte rädd, lilla vän", sa Lilla svarta fisken. "Försök att vara en modig fisk, så kan vi tänka ut ett sätt att ta oss härifrån."

'"Hur skulle vi möjligtvis kunna fly?" sa den lilla fisken.

'"Jag kanske inte kan rädda mig själv, men jag kan rädda dig", sa Lilla svarta fisken. "Och jag kan rädda andra fiskar också, genom att döda sjöfågeln så att hon aldrig döda fiskar igen."

'"Men hur?" sa den lilla fisken igen. Han grät inte längre.

'Lilla svarta fisken höll upp sin tagg-kniv. "Jag skär upp sjöfågeln från insidan", sa hen. "Men först måste jag rädda dig, lilla fisk. Jag kittlar sjöfågelns mage med min fena. Hon kommer att vilja skratta, och det betyder att hon kommer att öppna sin näbb. Du måste vara redo att hoppa ut så snart hon öppnar näbben."

'"Men du då?" frågade den lilla fisken.

'"Oroa dig inte för mig. Bara simma för livet, tillbaka till stimmet där du är säker", sa Lilla svarta fisken.

'Sedan började Lilla svarta fisken vicka på sig åt det ena och det andra hållet, fladdrande med sin fena för att kittla sjöfågelns mage. Den lilla fisken var redo, och så fort sjöfågeln öppnade sin näbb för att skratta, hoppade den lilla fisken ut ur hennes mun och kom undan.

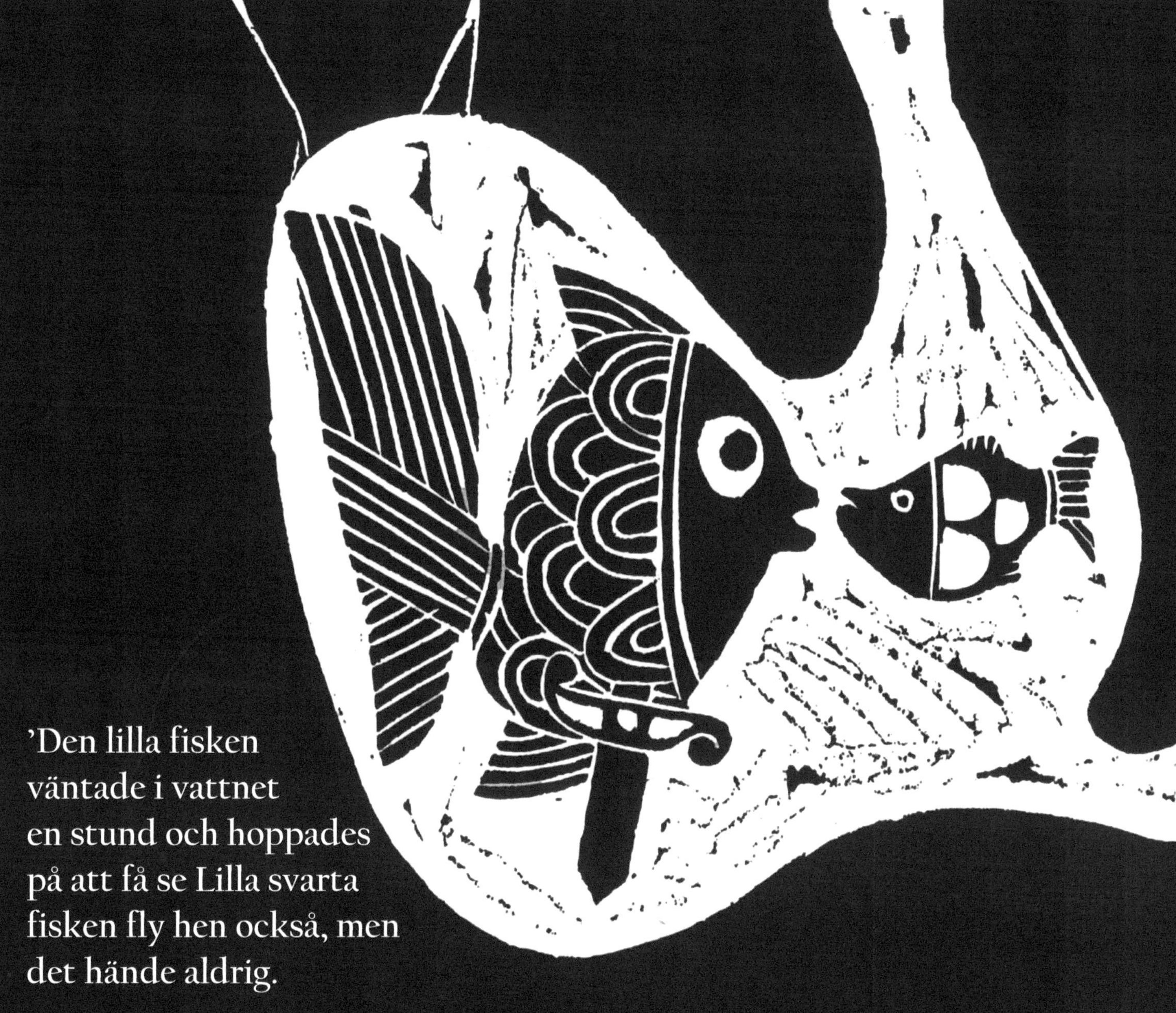

'Den lilla fisken
väntade i vattnet
en stund och hoppades
på att få se Lilla svarta
fisken fly hen också, men
det hände aldrig.

"Vad som hände var att sjöfågeln plötsligt slog med vingarna i fasa
och smärta, och sedan dog hon och föll ner i vattnet. Men Lilla
svarta fisken sågs aldrig till igen.'

Och det var slutet på den gamla fiskens berättelse.

”Nu är det är läggdags”, sa hon till sina tolv tusen barnbarn.

”Men du berättade aldrig för oss vad som hände med den lilla fisken som blev räddad av Lilla svarta fisken!” sa barnen.

”Det är en historia för en annan kväll”, sa deras mormor. ”God natt!”

Elva tusen nio hundra nittionio små
fiskar sa god natt och somnade med en gång.
Mormor Fisk somnade också. Men en liten röd fisk kunde inte
somna utan låg och tänkte på berättelsen. Hela natten tänkte hon
på hur strömmen blev till en flod, och sedan till hav, och alla de
fantastiska saker en skulle kunna möta på
vägen...

Om boken

Den Lilla Svarta Fisken blev ursprungligen publicerad 1968 och skriven som en metafor för en nation där det var farligt att våga vara politiskt annorlunda. Boken var förbjuden i Iran fram till revolutionen.

Enkelheten i en 'barnbok' om en fisk som vågar beblanda sig med andra sorters varelser och andra sätt att leva, erbjuder en användbar diskussion för alla åldrar om de stora frågorna i hjärtat av politisk debatt.

Samtidigt kan yngre läsare engagera sig med Lilla Svarta Fiskens individuella upplevelse. Skulle de våga gå emot vad deras beskyddande mor sa åt dem? Kan det någonsin vara en bra idé? Farorna är tydliga i denna berättelse, men det är även belöningarna. Kan de föreställa sig hur det var för Lilla Svarta Fisken att se nya varelser och platser för första gången? Att bli attackerad och att få nya vänner?

Det här är en berättelse som kan tolkas som drama och dans, skrift och konst.

Om författaren

Samad Behrangi var en av Irans mest inflytelserika författare och lärare. Hans tragiskt tidiga död, som ryktades att ha varit beordrad av den iranska regeringen, har gett honom legendstatus.

Om illustratören

Farshid Mesghali har vunnit det högsta priset för illustration vid Barnboksmässan i Bologna, samt Hedersdiplomet på Bratislavas Bokmässa. 1974 vann Mesghali även Hans Christian Andersens pris för illustration.